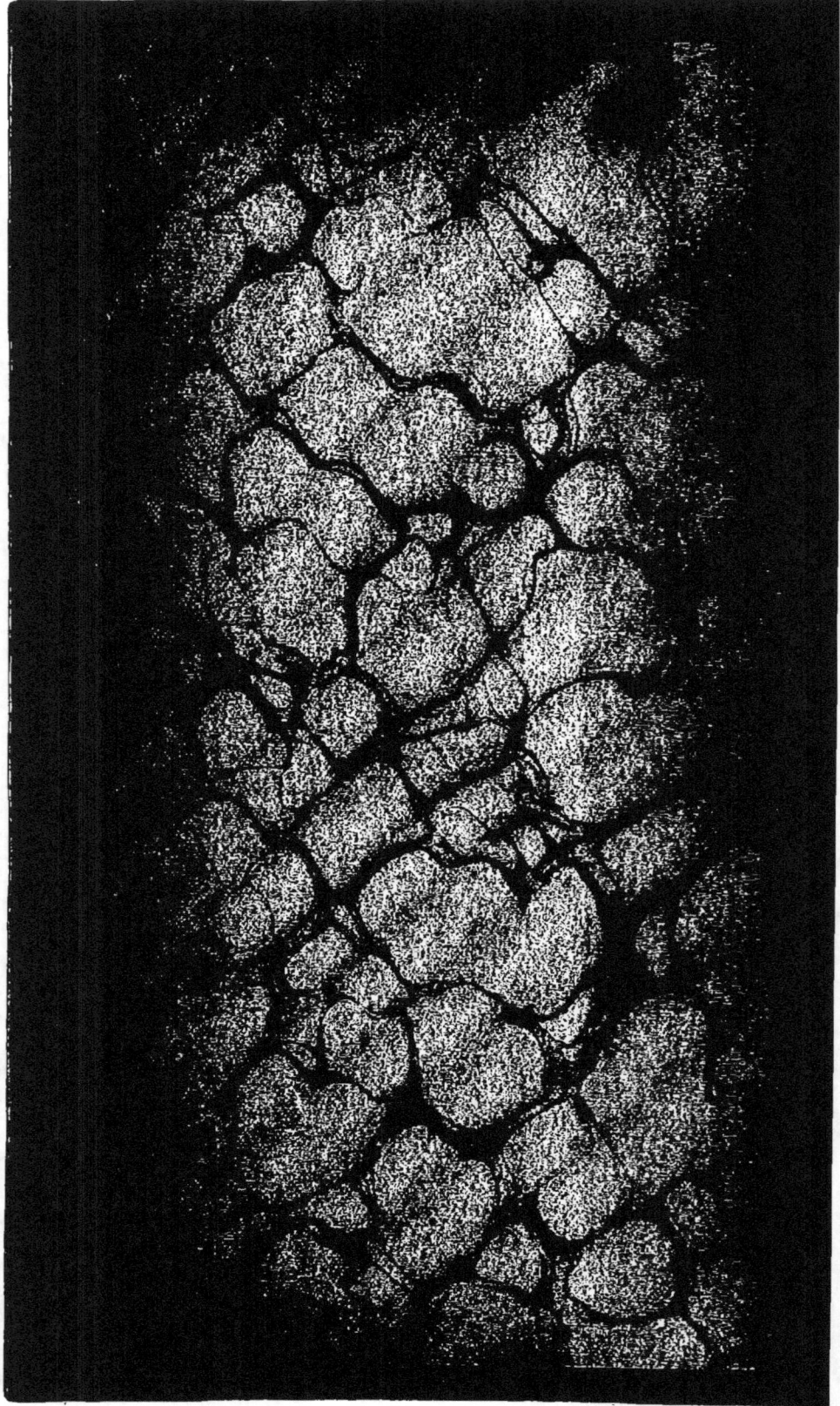

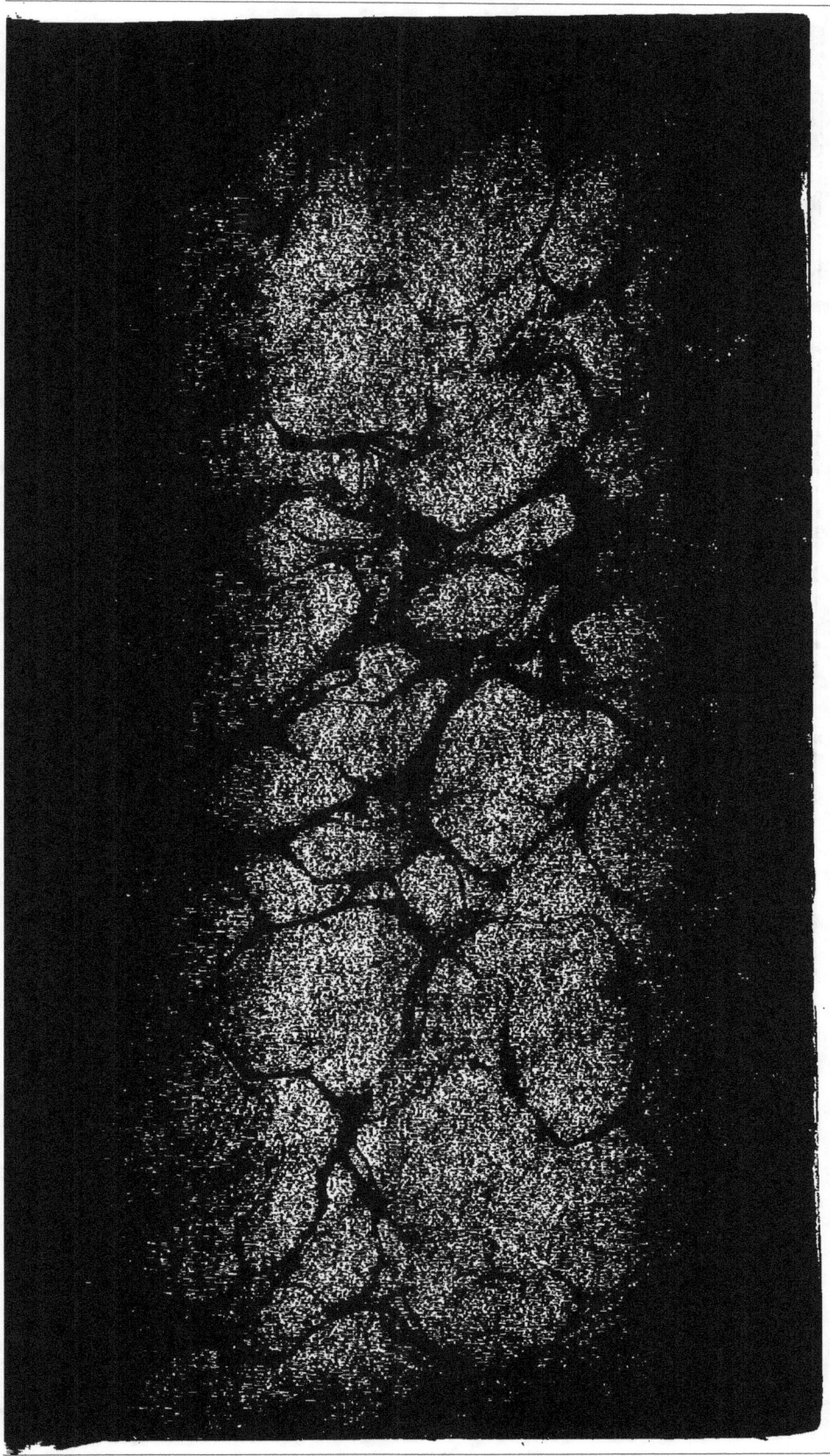

Paul Leclercq

ALBUM DE PARIS

JOUETS DE PARIS ❧
JOUETS DES CHAM
PS ❧ PARISIENNES
❧ FLEURS ET MAS
QUES ❧ LA SIDO
NIE ❧ BÉRANGÈRE

Paris ❧ ❧ ❧ ❧ ❧ ❧ ❧
H. FLOURY ❧ ❧ ❧ ❧
1, Bd des Capucines
1903 ❧ ❧ ❧ ❧ ❧ ❧ ❧ ❧

Album de Paris

PAUL LECLERCQ

Album de Paris

Jouets de Paris
Jouets des Champs — Parisiennes
Fleurs et Masques
La Sidonie — Bérangère

PARIS

H. FLOURY

1, Boulevard des Capucines, 1

—

1903

Jouets de Paris

LE FILS DE LA LUNE

Parmi les choux et les
tomates, sur le seuil du frui-
tier, un nain étrange monte
la garde.

Sa tête ronde est toute
jaune ; elle est énorme et
monstrueuse. Son corps frêle
est dans une armure.

On dirait le fils de la lune.

Je ne vois pas ses yeux,
mais je sens bien qu'il me
regarde.

Je n'ose passer près de lui :
j'ai peur qu'un diable poilu

ne sorte soudain de cette trogne formidable et ne m'assène un coup de bâton sur les gencives.

À présent je suis loin et je me retourne. Ce nain en armure, c'est une citrouille sur une boîte au lait!

Et de ce gros potiron, cuivré comme une orange, pustuleux comme un crapaud, c'est toute mon enfance, maintenant, qui surgit dans le carrosse doré de Cendrillon.

LE PETIT

CHEVAL DE BOIS

Ses jambes sont si longues
qu'il a l'air d'être égyptien,
mais il arrive de Nuremberg.

Il est synthétique et angu-
leux comme une cocotte de
papier.

Son corps est fait d'une seule
bûche taillée où vient se che-
viller un cou, sa crinière c'est
une arête de crins et sa queue
un petit balai.

Il est maigre, ne mange pas
d'avoine et il ne se nourrit
que du rire des enfants.

Il a du rose dans les naseaux, il ouvre de grands yeux effarés; il est terrible et concentré.

Il ne se cabre pas, il ne rue jamais, mais il sent la colle.

Il est d'ordinaire blanc et pommelé. Si on le mettait sur le gril il deviendrait un zèbre. Quand on désire le faire bai, on le peint d'un beau rouge tomate et on dirait alors un cheval tout cru.

Par exemple, il ne marche pas, il se fait tirer sur une planche à roulettes et c'est sa vengeance.

Il ressemble aussi à d'autres animaux, mais c'est certainement un cheval et s'il pouvait hennir il ferait hi-han ou kokoriko.

LES DOMINOS

Ils vivent dans l'atmosphère enfumée des cafés et ils ont tous un habit noir.

Le double-six est important comme un bourgeois parvenu ; l'as-et-blanc porte un monocle et les cinq ont l'air macabre.

Eternellement en demi-deuil, les dominos sont veufs et ils jalousent le jeu de cartes à cause d'Argine ou de Pallas.

Chaque soir, depuis dix ans, à la même heure, on les retourne sur la même table ; ils passent sous les mêmes doigts, ils sentent les mêmes haleines et ils entendent les mêmes choses.

Peut-être songent-ils que la vie est grise et monotone, les dominos, car leur ivoire jaunit comme le front d'une vieille fille.

On les couche, les uns contre les autres, dans une longue boîte d'acajou ; mais seul le double-blanc se met en chemise.

LE DIABLE

Il se promène tout nu.

Il est si noir qu'il semble toujours sortir de l'ombre.

Son corps est maigre, il a deux cornes, des oreilles pendantes et une large gueule sur laquelle retombe son nez crochu.

Ses pieds sont armés de griffes, une longue queue s'échappe de son derrière et, au lieu d'avoir une canne, il traverse la vie avec une fourche à la main.

Souvent il a des ailes dans le dos, elles sont chétives et déplumées et il a l'air d'un ange nègre.

Ses idées sont baroques.

On le rencontre, d'aventure, dans des tableaux anciens : il voltige parmi des chérubins à cheveux d'or et leur foire sur le visage.

Il surgit parfois de la gargouille d'une cathédrale et vomit sur les curieux qui regardent en l'air.

Souvent aussi, croyant faire une bonne farce, il s'enferme lui-même, pendant de longs mois, dans une petite boîte carrée. Là, il engraisse, il se laisse pousser une barbe, des sourcils de poils de lapin, et saute, tout à coup, au nez d'un enfant.

L'enfant le trouve grotesque et au lieu d'avoir peur il éclate de rire.

Le Diable déçu rentre aussitôt dans sa caisse et il devient la proie des mites.

LE POISSON D'AVRIL

Il se nourrit des confetti tombés dans la rivière.

Polichinelle le pêche avec Cassandre et pour imiter le cyprin qui frétille sous un domino rouge, il couvre ses écailles, puisque c'est Carnaval, d'une cuirasse de sucre ou d'une armure de chocolat.

Son aquarium, c'est la vitrine du confiseur. Il vit parmi des œufs pomponnés de rubans, des poules de faïence, des singes de peluche et son

ventre est bourré de papillotes
et de dragées.

Il se noierait dans un verre
d'eau : il nage dans l'onde d'un
miroir. Il respire le parfum
des bonbons, il regarde passer
l'omnibus, il guette le moutard
contre la devanture et pour
prouver aux roses qu'elles de-
vraient être sans épines, il escamote ses arêtes.

LE MASQUE

Il hésite, chez le marchand
d'habits, entre la tunique trop
étroite d'un arlequin et la sou-
tanelle d'un pierrot de calicot,
mais il se laisse séduire par
un costume de seigneur à tricorne.

Sa toilette dure longtemps,
comme celle d'un gentil-
homme ; il parfume ses pieds,
nettoie ses oreilles, il glisse
des bas saumon sur ses jambes
cagneuses, il cambre le jarret,
frappe noblement, de son haut
talon rouge, le carrelage de sa

mansarde; puis, ayant ébou-
riffé sur un col de dentelle
toute la filasse de sa perruque,
il pose sous son nez une fine
moustache blonde, et descend
ses étages lentement, la main
sur l'épée.

En passant devant la loge,
il entre, comme par hasard,
pour demander ses lettres, et,
sans daigner répondre aux bon-
jours du marmot, il disparaît,
laissant sa concierge ahurie.

Le temps est gris et triste,
humide et barbouillé; les omnibus zigzaguent sur le pavé
gras et les passants pataugent
dans la boue des trottoirs...
Il a froid, il sent la grippe l'en-
vahir, mais n'ose se moucher
à cause de sa moustache; il
marche à petits pas, le long
des boutiques, craignant de
perdre un soulier.

Dans les rues sales, il coudoie des gens pressés, il croise des enterrements pauvres, mais il n'aperçoit aucun masque ; alors un doute le hante, il achète un journal pour vérifier la date.

Il se promène dans Paris comme une autruche dans le désert ; personne ne prend garde à lui : la pluie défrise sa perruque, décolle son tricorne, tirebouchonne ses bas, rend piteux ses oripeaux criards ; mais, fier de soulever du bout de son épée postiche la basque de son habit crevette, le seigneur marche, marche sans s'arrêter, gravement, comme un preux, pour se voir passer dans les devantures.

LA LETTRE A

C'est une échelle double sur laquelle il faut passer pour arriver aux autres lettres.

â est long ou bref, majestueux ou pansu, et parfois il porte un petit chapeau.

a c'est la première leçon ; c'est la fissure par laquelle rentre le talent ou la pédanterie.

a c'est toute l'enfance ; c'est le parfum des jouets, les genoux

3

d'une maman et c'est l'odeur de
colle du vieux livre d'images
où trois petits cochons sautent
à la corde.

LES ALMANACHS

Les almanachs et les corbeaux arrivent en hiver.

Le facteur passe dans la rue comme une aiguille dans une étoffe, il entre sous chaque porte et distribue l'almanach nouveau.

Tout le monde aura le sien.

L'almanach du facteur est officiel.

L'année s'y montre d'un seul coup. Les mois se suivent en colonnes. Les dates semblent des additions et son carton qui sent le corps de garde, entassé en pile, d'année en année, ne ferait pas à un vieillard une vie haute de trois pouces.

Je lui préfère l'éphéméride, l'éphéméride rebondie comme une taupe, l'éphéméride enceinte de douze mois, l'éphéméride qui cache jusqu au dernier moment son année nouvelle sous un chromo bon enfant.

Les jours s'envolent en papillons; il n'en part qu'un seul à la fois.

L'éphéméride rajeunit et chaque fois qu'on lui arrache un feuillet, elle vous apprend qu'il y eut une guerre des deux Roses, que le Soleil est dans le Capricorne ou qu'Epaminondas est mort.

LA VIEILLE COUR

La cour de la vieille maison où le soleil ne rentre pas est pleine d'ombre et de mystère. Toutes ses fenêtres sont closes, de blancs fantômes se dressent derrière les carreaux, d'étranges lucarnes percent les murs où grimpent des gouttières et surgissent des plombs.

Sous le toit, près du ciel, un oiseau qui ne chante pas se balance dans une cage d'osier et plus bas, sur une allège étroite, un pot-au-feu de terre à couvercle rouge semble un nain bizarre et ventru.

Tout cela vieillit depuis cent ans dans la tristesse et le silence ; l'herbe veloute les pavés où ne résonne aucun pas.

Aujourd'hui pourtant une porte grince, une porte grince sur ses gonds comme une bête que l'on dérange et un aveugle, tiré par un caniche, pénètre soudain dans la vieille cour.

Une romance sentimentale, une ancienne romance d'amour et de roses fanées s'envole de sa barbe fauve... Alors tout près du ciel, dans la cage d'osier, l'oiseau qui ne chantait pas se met à chanter, les fenêtres s'ouvrent, la marmite tend ses oreilles et un petit nègre qui surgit d'une lucarne éclaire toute la cour du rire de ses dents blanches.

LA POUTRE

Une poutre traverse le grenier dans toute sa longueur.

Autrefois c'était un arbre, un bel arbre vêtu de mousse dont les rameaux chantaient, et ce n'est plus maintenant, entre deux murs, qu'une solive hérissée de clous.

Une foule d'objets étranges, bannis de la maison, s'accrochent à ce bras puissant et qui saura jamais le passé de cette vieille armure ou de cette viole sans cordes ?

Et tandis que l'œil fixé sur la charpente, tu songes tristement au destin des choses d'ici-bas, tu ne peux t'imaginer ce qu'elle a envie, cette poutre massive, de se laisser tomber lourdement sur ta tête.

LE MARCHAND

DE ROBINETS

Dans la rue sans soleil passe le marchand de robinets.

Il arrive lentement du lointain, il crie devant chaque maison et fait suivre son cri du chant d'un instrument aigre.

Il passe ainsi depuis toujours, chaque lundi, à la même heure. Il vient du même point, il va vers un même but et jamais personne ne l'arrête.

Existe-t-il, en vérité, cet étrange être que l'on entend ?

Existe-t-il cet être singulier qui, sans raison, crie à tue-tête, dans le matin, " les robinets, les robinets ", comme on crierait les artichauts ou les oranges ?

Je ne l'ai jamais vu.

Je m'imaginais, depuis mon enfance, à cause sans doute de sa pratique de fer blanc, que cela devait être quelque fantoche aux oripeaux clairs, quelque Polichinelle énorme et bossu avec une fleur dans la barbe, qui regagnait son domicile en titubant après avoir fêté dimanche.

J'ai soulevé le rideau et je ne vous dirai point ce que j'ai vu.

Maintenant lorsque j'entends passer le personnage, son chant aigre me verse du vinaigre dans l'âme ; sur les trois notes acides de sa voix de fer blanc, il me crie que j'ai perdu mes illusions.

Je me bouche les oreilles, mais ce cri-là rentre par les yeux... Et il me semble que je suis au pain sec.

LA FEMME

DU FROMAGE

La crémière est brune, elle a le teint frais et de jolies dents.

Deux petits trous, comme la trace d'un doigt dans une motte de beurre, creusent le visage de la crémière et lui donnent un air aimable.

C'est la femme du fromage.

Elle porte un long tablier blanc, des avant-bras de calicot et sa poitrine est rondelette.

La crémière vit parmi des jattes de grès, des paniers

d'œufs, des coulommiers et des gorgonzolas.

Sur son seuil, comme dix nains en armure, dix boîtes au lait montent la garde.

Surtout ne t'avise pas d'être amoureux de la crémière, ne rôde pas autour de sa boutique: tel un monstre à sept têtes, le fromage veille sur son honneur, et que peux-tu contre le brie perfide ou contre le livarot qui pue ?

Crois-moi, n'avance pas, le gruyère te guette... Recule prudemment si tu ne veux tomber, car seul le roquefort se tirerait des pattes.

LE NOURRISSON

C'est un gros saucisson de linge car il n'a pas encore de jambes.

Son corps a l'odeur du pain chaud, sa tête est toute rouge et de sa bouche, qui gargouille, s'échappent des bulles de salive.

Il est plus chauve que s'il avait cent ans ; ses yeux sont d'un bleu de faïence et il se plaît à mordre, avec ses gencives, quelque hochet d'ivoire

ou bien un chien de caoutchouc.

Il se promène dans les bras
de sa mère ; il dort le jour et
pleure la nuit ; il veut attraper
les lumières et quand il grimace, on dit qu'il fait la risette.

Ses petites mains, les cinq
doigts écartés, s'agitent sur sa
face comme deux crabes roses
et si tu le regardes il t'empoigne
le nez et t'appelle papa.

LE MARMOT

Il se nourrit d'un roman d'aventures et il est imaginatif.

Le marmot pend un sabre de fer blanc à la bretelle de sa culotte, il brandit un pistolet et il couronne son front des plumes arrachées au plumeau.

Le marmot, représente à lui tout seul, une horde d'Iroquois et une armée d'Européens.

Le marmot fait irruption dans le cellier en poussant des

4.

cris terribles, il s'embusque derrière une futaille, tire sur des sacs de pommes de terre et ce sont des pétarades, des conciliabules secrets et des complots d'anthropophages.

Lorsque le soir tombe et que les ombres deviennent étranges, le marmot s'effraye de son propre bruit. La voix se fait rauque, les citrouilles cuivrées sont de vrais Peaux-Rouges et, n'osant plus quitter la place, le marmot tremble dans un coin sous sa couronne de plumes.

LE MOUTARD

Son cadet c'est un marmot et son aîné un gamin.

Le moutard a les cheveux ébouriffés, une face barbouillée de réglisse d'où sourdent deux oreilles, comme les anses d'une marmite. Le moutard a les mains sales, le nez morveux et des bas troués.

Il vit saucissonné dans un tablier noir que sangle, sur son ventre, un ceinturon de cuir. Sa casquette est dans un arbre ou bien dans le ruisseau, mais jamais sur sa tête.

Le moutard part quelquefois à l'école, il promène deux livres au bout d'une courroie et il arrive après la classe.

Le moutard prend les oiseaux au piège. Il fait de ses doigts malpropres des pieds de nez aux vieux messieurs qu'il suit, aussi, en leur tirant la langue.

Le moutard attache des casseroles à la queue du chat, cache le balai de la concierge, seringue, d'une fenêtre, de l'encre sur les passants. Il crache dans les plats, tire les oreilles du chien et pisse sur sa petite sœur.

Le moutard n'a pas d'amis de son âge ; on ne sait jamais d'où il sort ; plus on le lave, plus il est sale et c'est lui qui approvisionne de poux le reste de sa famille.

LA PETITE

TOUCHE-A-TOUT

La petite Touche-à-tout porte des jupons courts; de longs cheveux tombent au milieu de son dos, et une large ceinture de soie pose un gros papillon sur sa hanche.

La petite Touche-à-tout a la grâce des jeunes animaux, des jambes nerveuses, des gestes vifs de ouistiti et, même quand elle est au repos, son corps frémit comme une friture.

La petite Touche-à-tout ne peut voir un objet sans le changer de place, un bouquet sans lui prendre une fleur, du papier sans faire un bonhomme, une pipe sans souffler dedans ; elle demande au bossu ce qu'il a dans sa bosse, questionne le borgne sur l'œil qu'il a perdu ; elle parle à tort et à travers, sans s'inquiéter, comme une source qui jase...

La petite Touche-à-tout a mauvaise tête mais bon cœur, ce qui permet la tyrannie. Ses yeux bleus sont longs comme un jour de juillet, et dans sa voix charmante, qui rappelle celle de Lavallière, on entend crier des moineaux effrontés.

LE TUYAU
ACOUSTIQUE

C'est le ver solitaire de la maison.

Il rampe sous les planchers, s'allonge dans les angles, traverse les placards, se traîne sur les cloisons et se faufile entre les murs.

Sa tête est au sixième étage quand sa queue pend à l'entresol à moins que, comme elles sont semblables, cela ne soit tout le contraire.

Parfois il se met à siffler et le bon nègre du sixième pose

le tuyau sur son oreille, tandis qu'à l'autre bout le Pierrot du premier s'amuse à souffler dans le nègre.

Le nègre se gonfle, se gonfle, flotte un instant sous le plafond et disparaît par une fenêtre.

LE TUYAU DE POÊLE

Robinson en ferait sa marmite, nous en faisons notre coiffure.

Lorsqu'on le sort de sa boîte, à la rentrée, il semble avoir encore grandi, et quand on pose sur sa tête ce tube luisant et ridicule, on se figure être un roi nègre.

Dans la rue, d'un œil inquiet, on se regarde passer dans les devantures, on s'écarte du chien pour qu'il ne hurle, on va droit devant soi, sans se retourner,

de peur d'apercevoir vingt gamins à ses trousses.

Si d'aventure on veut saluer,
comme on oublie son impor-
tance, on l'empoigne par le
fond, tel un petit chapeau, et
ses reflets froissés font une
affreuse grimace. Quand on
monte dans un coupé, on le
heurte contre le plafond, il
escamote vos oreilles, s'enfonce jusqu'à la bouche et,
pendant un instant, on croit à
une éclipse.

La moindre pluie le rend
maussade, il se hérisse comme
un chat maigre, mais tel un
dieu dans sa pagode, on le promène sous un parapluie.

Il est pompeux, cascadeur
ou falot, suivant le chef qu'il
recouvre ; et comme une gre-
nouille de bocal indique la
pluie ou le beau temps, son

lustre marque le rang social.
A la campagne, il vit dans
une armoire, à la maison, et
il ne sort qu'aux jours de fête ;
à Paris, où l'espace manque,
on le met sur sa tête pour en
débarrasser son home.

Les uns affectent la forme
allongée de l'obus, d'autres sont
bas et évasés, il en est de
pointus comme des gobelets
d'escamoteur et d'autres semblent des enclumes, des pots,
des soupières ou des accor-
déons.

Ils paraissent recéler des
choses mystérieuses ; on s'attend toujours à en voir surgir
quelque diable poilu ; ils sont
frères du tuyau des toits où
l'hirondelle fait son nid, mais
l'araignée seule y peut vivre.

LES TUYAUX
DE CHEMINÉES

C'est tout un peuple qui se rassemble sur les toits.

Les uns ont des casques bizarres aux panaches de fumée, les autres des bérets et certains portent la mitre.

Il y en a de grands qui sont comme des géants et d'autres plus petits ont l'air de pots de fleurs qui attendent une tulipe ou bien un camélia.

Ce sont les amis des pierrots aussi bien que des hirondelles;

les cigognes se posent sur leurs girouettes gothiques.

Quand il fait trop de vent, ils semblent affolés et leurs têtes tournent, tournent en tous sens avec des grincements lugubres. Quelquefois même ils se suicident ; ils se lancent dans le vide, du haut d'une maison et écrasent, avec fracas, quelque inoffensif passant.

LE

COMMISSIONNAIRE

Il guette le client à l'angle
de deux rues. Il l'attend de
longues heures, les mains four-
rées dans un pantalon de velours mais, comme personne
ne l'avise, il pose un écriteau
contre sa boîte à brosses et
rentre chez le marchand de
vin.

Là, le commissionnaire boit
tout l'argent qu'il aurait dû
gagner et quand, au bout du
jour, on vient pour le quérir,

il est si saoul qu'il tient à peine sous son crochet.

Il enfile la première rue qui se présente, bouscule le passant qui croise son chemin, renverse un enfant dans le ruisseau, vomit sur une vieille dame et, si on l'invective, il tape sur sa cuisse, ferme la main, lève son pouce et siffle.

Il erre au hasard des ruelles, tourne vingt fois autour d'un édifice mais lorsque harassé de fatigue il tombe sur un banc, le commissionnaire s'aperçoit qu'il a oublié de charger son crochet.

Alors, pris de remords, il pleure longtemps dans le silence et demande pardon à la lune.

L'HURLUBERLU

Il saute bas de son lit dès que le coq chante et se figure que c'est midi.

Il s'habille en sifflant devant un lavabo, il barbote dans sa cuvette et comme le miroir ne reflète que sa poitrine, il oublie de passer sa chemise à l'intérieur de sa culotte.

Il met un képi sur sa tête croyant la coiffer d'un chapeau, il laisse la clef dans son logis et dégringole son escalier.

Il s'étonne, aux devantures, d'apercevoir un Écossais.

Quand il arrive à son bureau la porte en est encore close; il songe alors que c'est dimanche.

Il repart plus léger et sans retirer les doigts que l'instinct porte à son gousset, il répond " merci " au mendiant qui lui demande l'aumône.

LA BOUILLOIRE

Dans la chambre attiédie de fièvre il y a une bouilloire qui chantonne.

Elle a l'air de couver comme une petite poule de porcelaine blanche, la veilleuse aux gros yeux de lumière et un peu de vapeur s'échappe de son bec.

Elle est pleine de tisane chaude, la bouilloire vigilante, mais ce n'est pas sa tisane, mais sa chanson qui soulage et qui berce le rêve du moribond.

Elle chante, chante, en se pressant comme une folle ; elle chante que le printemps est revenu, qu'un ruisseau jase là-bas et que les arbres sont légers d'oiseaux. Elle chante que le vieux rosier qui s'accroche en squelette au mur de la chaumière est couvert de roses rouges et que les ruches frissonnent ; elle chante que le soleil brûle la plaine et met de l'ombre sous les pommiers...

Dans la chambre attiédie de fièvre, la petite bouilloire de porcelaine, chante, chante sans cesse, comme un rossignol à qui on a crevé les yeux.

LES ŒUFS

Ils sont blancs comme des dragées et ils ont l'air d'être jumeaux.

Ils naissent tout autour du village, leur père c'est le coq du clocher.

Chaque matin, après qu'il a chanté matines, la fermière les trouve sur de la paille tiède et les recueille dans sa corbeille.

Ils voyagent avec des veaux et avec des cochons et, arrivés à la ville, ils rencontrent chez la fruitière tous leurs oncles qu'on a plumés.

On les fait bouillir au fond d'une marmite et, comme s'ils allaient communier, on les place, en grande pompe, sur une table vêtue de linge.

Un bourreau barbu, cravaté d'une serviette, serre leur corps dans son coquetier et lentement les décapite avec une cuillère.

LE BOUQUET

Il est simple, charmant, somptueux ou ridicule.

Il a la fraîcheur d'un sourire, il est rustique comme une paysanne de dimanche et parfois il a la mine guindée, dans son haut col de papier blanc, de quelque magistrat province.

Bouquets de roses et de lilas, bouquets cravatés de rubans, bouquets tricolores et champêtres, bouquets flamboyants de glaïeuls !

O les bouquets nuptiaux, tendresses mises sous globe, les bouquets desséchés dans un coffret de vieille fille, les bouquets de pâquerettes attendris dans un verre d'eau et les pauvres petits bouquets de myosotis que l'on voudrait réchauffer, comme un oiseau sans plumes, contre son cœur !

LA MÈRE GIGOGNE

Un châle recouvre ses épaules, elle porte une capuche à brides, sa robe est de percale jonquille et sa crinoline est si vaste que l'on dirait la cloche de Notre-Dame qui se promène.

Ses filles vivent sous son jupon. Elles sont quinze qui se ressemblent mais comme leurs tailles sont différentes, chacune d'elle a l'air d'être la mère de sa cadette.

Elles imitent toutes la mère Gigogne : quand la mère Gigogne se mouche, ses quinze filles se mouchent, et cela fait un bruit d'enfer.

Lorsque la mère Gigogne part à la promenade, elle donne le bras à un cabas et marche sous une ombrelle verte. Si d'aventure ses filles se prennent de querelle, sa crinoline remue comme s'il faisait du vent.

Parfois la mère Gigogne boit plus qu'il ne convient et, au milieu de la nuit, elle se met à danser. Ses quinze filles qui sortent de sa chemise font une ronde autour de la mère Gigogne.

Elles tourneraient, tourneraient jusqu'au matin, en brandissant leurs petits pots de chambre, si le Père Lustucru qui ne peut fermer l'œil, ne frappait avec un balai contre le plafond.

Jouets des Champs

LA LUNE

Elle se promène dans le ciel comme tu marches sur un chemin ; elle est irritable et fantasque et, si tu paries qu'elle est ronde, c'est un croissant qu'on voit surgir.

Après une journée de labeur, c'est en vain que tu te crois seul : la lune te guette de sa lucarne et rit de tout ce que tu fais.

Tu veux lui échapper, elle s'attache à tes pas ; tu cours,

par la plaine, elle roule après toi ; tu te heurtes aux cailloux, tu t'égratignes aux ronces, mais elle, toujours placide, glisse parmi les arbres et vagabonde dans les nuages.

Enfin te voilà seul dans la nuit noire de ton enclos et tu sifflotes de plaisir. Lentement, comme une chenille, elle escalade ton mur et grimpe sur ton peuplier.

Exaspéré, tu t'enfermes à l'intérieur de ton moulin, mais à peine souffles-tu la chandelle fumeuse que tu vois, sous ta porte, le lin de sa chemise et son regard dans la serrure.

— Raccroche ton fusil, elle est loin de portée !

Elle se prélasse, maintenant, parmi les herbes de la mare où tu veux la pêcher : son corps mou de Méduse glisse sur les mailles de ton filet, et tu ne prends que deux sangsues.

Cette fois tu l'aperçois tout au fond de ton puits : tu la regardes, elle te regarde et tu la hisses dans un seau.

Elle est là, près de toi, tu gambades de bonheur, tu te frottes les mains et tu t'assieds dessus... Elle t'échappe encore et sa face cuivrée, exaspérante et réjouie, luit sur les ailes de ton moulin comme une horloge sans aiguilles.

L'ÉPOUVANTAIL

Un personnage étrange s'est installé dans le pommier.

Son corps, c'est une croix de bois ; sa tête, un paquet de filasse, et, sous l'accordéon d'un vieux tuyau de poêle, il a pour vêtements une veste de trous et le pantalon d'un soldat.

Bien qu'il n'ait pas de bouche, il se plaît à fumer la pipe et, pour être sans doute plus léger dans les branches, nulle main n'encombre son long bras, nul pied ne surcharge sa jambe.

Il vit parmi les pommes rouges, comme un marchand dans son échoppe ; il reste perché sur son arbre et il intrigue les oiseaux. Au moindre vent ses bras remuent ; on croirait qu'il leur fait des signes.

Toutes les fauvettes s'en écartent, les mésanges restent prudentes, les pierrots seuls comprennent... Et comme les filles de Paris pillent, un matin de printemps, une charrette remplie de roses, ils envahissent le pommier, se saoulent de fruits rouges, se culbutent dans le soleil, et tandis que le vieux marchand se débat, les bras au ciel, ils tirent de son nez de belles touffes de filasse pour établir leurs nids dans les branchages de sa boutique.

LES QUILLES

C'est une famille de sept naines, elles vivent sous le kiosque à musique, et leur mère, qui est reine, porte un collier de ficelle rouge.

Elles se nourrissent, le dimanche, d'un solo de piston ou d'un roulement de tambour et, sans d'odieux vieillards qui viennent, chaque soir, les tourmenter à la même heure, elles seraient bien heureuses en leur demeure paisible.

Sur la place ombragée de tilleuls, ils les disposent trois par trois, avec la reine entre les rangs, et, au moyen de boules, ils s'amusent à les renverser. Ils visent longuement, graves derrière leurs lunettes, ils lancent le boulet et voilà les quilles en l'air !

Leur martyre dure jusqu'au dîner et, lorsqu'on les relègue, elles sont toutes meurtries.

Il arrive, parfois, que la Mort prend un des vieillards. Toute la ville est tête nue, la fanfare escorte le corps, tandis que, joyeusement, sous le kiosque à musique, les sept petites quilles dansent, dansent la polka, sur l'air de la marche funèbre.

LE FORGERON

Sur la place du village où les oies blanches se promènent, un clair bruit de métal s'échappe d'une porte basse.

C'est la demeure du forgeron.

Elle est obscure comme un repaire et, dans un coin, le trou rouge d'un fourneau qu'avive un long soufflet de forge paraît être la gueule d'un monstre qui respire.

Le forgeron est là, devant

7.

l'enclume ; ses cheveux et sa barbe ont la nuance de la rouille, un tablier de cuir protège son torse nu et ses deux bras musclés semblent faits dans du fer.

Il brandit en chantant un lourd marteau. Il frappe l'enclume en cadence, tout le village vibre à ce cri de métal et pourtant il ne forge rien.

Car il ne forge rien, le forgeron, pas même une petite épingle ou même un aiguillon de ronce, mais quand il forge il chante, et forge pour chanter.

LA FÊTE

A la lisière du bois, au milieu des prairies, se dresse une chaumière étrange.

Son toit est comme un grand chapeau, sa façade est une figure où les fenêtres sont deux yeux et la porte une bouche ouverte.

C'est la demeure d'un bûcheron ; des houblons grimpent à ses murs, des ruches bordent son enclos où vit, parmi des oies, une nichée d'enfants.

Cela s'éveille avec l'aurore. Le père emporte sa cognée, la mère tricote sur le seuil, les abeilles cherchent des fleurs et les petits jouent dans les champs.

Les jours s'enfuient monotones et paisibles : la tourterelle roucoule dans sa cage d'osier, une grande horloge tinte les heures, le soleil fait tourner l'ombre de la maison et chaque soir rassemble la famille autour d'une lampe tranquille.

Aux premières feuilles de l'automne, c'est la fête du bûcheron. L'on part le matin à la ville, l'on s'attable aux guinguettes du chemin et l'on revient à la nuit close. Alors la petite maison s'éclaire joyeusement, il sort des fenêtres un

tintamarre étrange, un bruit
de meubles renversés et de
vaisselle que l'on brise... Le
père brandit un escabeau, la
mère se défend avec la bassi-
noire; le garçon rosse les
filles; le chat, comme une
fronde, tourne au bout d'une
main; un traversin, suivi d'un
pot, dégringole par une lucarne et, près de la citerne,
le chien hurle dans la nuit
noire.

Parisiennes

PETITES FÉES

Légères, vives, troussées, retroussées, la bouche en framboise dans un boa de plumes ou de fourrure, tandis que Paris se réveille, laborïeuses, sœurs un peu des abeilles et aussi des moineaux, elles descendent de Montmartre ou viennent de Vaugirard.

Elles marchent à grands pas, trottent, courent, se pressent, emmitouflées, ébouriffées, elles sautent les ruisseaux, elles montrent leurs chevilles et, en souriant, elles vont à leur travail.

8

Modistes, lingères, couturières, fleuristes, mômes au cœur de chou, trottins aux doigts piqués, dans le brouillard fin du matin, ce sont les petites fées de Paris qui passent.

Entassées dans l'arrière-boutique et dans l'atelier surchauffé, tandis que toute la ville vit du luxe qu'elles créent, elles cousent, épinglent, drapent, chiffonnent, et leur aiguille va vite, vite, comme la dent d'une souris qui ronge...

Le soir, fatiguées, elles rentrent au logis, et lorsque devant une crémerie apparaît une grosse citrouille, elles songent au carrosse doré de Cendrillon... et quelquefois, à leur sourire, galamment, le potiron s'entr'ouvre.

LA SENSITIVE

Longue, blonde, vaporeuse, elle passe sa vie nonchalamment étendue dans un désordre de coussins d'où son bras nu s'échappe comme le cou d'un cygne.

Névrosée par besoin de plaire à son miroir, elle ne se nourrit pas, elle s'enivre du poivre d'un œillet ou de l'arome d'un flacon.

Elle se trouve belle, éthé-rée; elle admire ses longs yeux, ses indéfinissables yeux verts, ses grands yeux meurtris comme deux fleurs fanées dans la pâleur de son visage; elle prend des attitudes tragiques, mais comme personne ne la regarde, elle crispe son corps, s'enfonce les ongles dans la chair et elle appelle ses va-peurs.

Ses vapeurs accourent, en nuées légères, obéissantes. Elles serrent ses tempes d'un invisible bandeau, tournent ses yeux, glacent son corps qui frémit dans la soie, tandis que son griffon jappe devant sa chaise-longue.

On accourt, on s'empresse, on la délace, on lui tapote dans les mains, on l'appelle d'une voix forte, on lui fait

respirer des sels... Alors, tout
à coup, ses nerfs se détendent,
elle se crispe à une chevelure,
mord un poignet, arrache une
oreille, égratigne un visage,
et la Sensitive, en un instant,
se venge de toutes les petites
misères de la vie.

8.

LA FURETEUSE

Habillée, gantée, chapeautée
— robe tailleur et boléro —
dès son déjeuner terminé, sur
un coin de toilette encombré
de flacons, de limes et de
houppes, pressée, maussade
un peu, pour avoir l'air, elle
griffonne au crayon la liste de
ses courses.

Sa femme de chambre rem-
plit un fiacre de boîtes et de
cartons — chapeaux qui ne vont
pas et robes à refaire — et la

voilà partie, grave mais parfumée, tandis qu'elle achève de boutonner le gant où son pouce persiste à ne vouloir entrer.

Elle court chez la modiste, la lingère et la couturière, rend les objets livrés la veille, fait rectifier un col et changer un ruban, explique, discute, sourit et sort.

Elle connaît le Printemps, Old England et le Louvre, et comme un sportsman suit les courses d'automne, elle suit ses expositions.

Elle court d'objet en objet, telle une guêpe qui butine, elle frôle, tâte, froisse, tripote, et elle joue de sa face à main.

Elle accapare un employé, lui fait bousculer le rayon... Il disparaît sous un comptoir, surgit plus loin sur une échelle, à la conquête d'un désir.

Elle furette jusqu'au soir, rentre en retard pour son dîner, mais elle a acheté une voilette et doit huit heures à son cocher.

LA CONCIERGE

Elle vit dans la vieille maison comme une araignée dans sa toile, et chaque fois qu'une lézarde fend le plâtre d'un mur une ride nouvelle se creuse dans le visage de la concierge.

Elle est horrible, elle a trois dents — les autres sont parties avec les locataires — mais comme la ronce croît aux pierres d'une ruine, des poils font leur nid à l'intérieur de ses oreilles.

Tous les matins, suivie d'un chat, elle rôde, telle une sorcière par les couloirs de la maison; elle martyrise les son-

nettes, se bat, dans la pous-
sière, avec les paillassons, cher-
che querelle au charbonnier,
rend les marches glissantes et
met son balai dans vos jambes
juste au moment où vous
passez.

L'après-midi, elle se cal-
feutre dans sa loge avec des
portraits de famille et, au coin
de son feu, elle observe les
locataires. Immobile dans son
fauteuil, les yeux fixés sur sa
porte vitrée où défilent les
êtres comme des pantins dans
un guignol, elle épie longuement, en chouette... Et tandis
que son chat ronronne sur ses
genoux, que le temps fuit et
que son feu meurt, la concierge, impassible et grave, en at-
tendant les étrennes, fabrique
des histoires pour les commè-
res du voisinage.

MADEMOISELLE

PELUCHE

Elle habite, avec ses " chéris ", dans quelque coin perdu d'Auteuil, une petite maison encombrée de cages et de niches.

Ses " chéris " sont un vieux matou, un carlin gras, une levrette frileuse, une perruche borgne et quatre toutous aux yeux ronds.

Elle les gâte plus que des enfants ; elle obéit à leurs caprices, elle les couche, elle les dorlotte, met un bonnet à Diane, un foulard à Finette, des chaussettes à Médor, et la vieille demoiselle ne plonge, avant de s'endormir, son râtelier dans un verre d'eau, que lorsque tous sommeillent tranquillement autour d'elle.

Dans une atmosphère de tendresse, la vie de Mlle Peluche s'écoule monotone et paisible, comme un fleuve sous un ciel gris ; personne ne pénètre chez elle, et c'est à peine si le facteur secoue parfois la sonnette joyeuse de sa petite maison.

Deux fois par jour, pourtant, Mlle Peluche part à la promenade. Elle s'attife, se chapeaute, glisse des mitaines roses, met sa perruche au fond d'un grand cabas et, lentement, elle fait le tour d'un pâté de maisons.

Elle marche à petits pas, s'arrête, se retourne, surveille ses toutous, et il faut la voir brandir son ombrelle quand quelque chien énorme s'approche, indiscret !

Le soir, Mlle Peluche ne veille pas très tard ; elle dîne chichement et soigne ses chéris... Et pendant que ses doigts, sous la lampe, explorent prudemment leurs longs poils, elle songe qu'elle aussi, légère et agile, sautait autrefois comme une petite puce gaillarde ; elle songe à ses maillots, elle songe à ses succès, à ses entrechats et, tandis qu'elle rêve, tous les meubles de la maison paisible se mettent à danser autour d'elle, entraînés par un orchestre infernal que conduit son minet cravaté de blanc.

ZOÉ-CAROTTE

Elle est rousse, elle a deux longues mains rouges, une robe modeste, pas de chapeau, mais une ombrelle.

Elle vit sous les toits, dans une chambre, avec un mannequin sans tête, un gros chat blanc, un serin vert, et devant sa mansarde, sur la gouttière, une caisse accroche, comme un nid, un jardin de trois roses et de deux touffes de cibouĺe.

Elle s'appelle Zoé, son nom est écrit sur sa broche, mais on l'appelle Zoé-Carotte.

9.

Elle se lève de grand matin, elle travaille derrière un rideau, mais, quand le soir tombe, elle allume sa lampe, et l'ombre d'un bras gigantesque, régulièrement, à chaque aiguillée, passe sur les vitres de sa mansarde.

Le dimanche, elle ne fait rien, elle se frise; elle se frise la fenêtre ouverte et chante, à pleine voix, une romance d'amour, sans moduler, comme une crécelle... Les chats déguerpissent en miaulant; le ciel s'obscurcit; des faces affolées se collent aux vitres de la cour; mais il y a tant de joie dans son cœur que le soleil chasse les nuages, inonde la mansarde et épanouit, dans son miroir, son gros visage, comme une pivoine de terre franche.

LES VOYAGEUSES

Comme une bande d'oiseaux qui change d'arbre, un matin, pressées de voler vers les fleurs, elles s'échappent de Paris, suivies d'un cortège de malles et de petits colis d'une inutilité charmante.

Elles s'éparpillent sur la côte, de Cannes à Monte-Carlo, elles vont au Caire et à Palerme, traversent l'Italie ou se fixent à Florence.

Très simples dans leurs robes de drap et sous leurs longs
cache-poussière, elles parcou-
rent les villes, visitent les
musées, entrent dans les égli-
ses, et c'est avec un bruit de
jupe un élégant frisson qui
passe.

Elles égayent les rues de
vieilles cités mortes et, quand
elles traversent les places, on
les accueille comme de bonnes
fées... L'antiquaire les guette
sur le pas de sa porte, la den-
tellière épie au fond de son
échoppe, trois aveugles naissent de trois bornes, un grand
vieillard se fait bossu, et dix
petits gamins aux joues rouges, qui sautent autour d'elles,
deviennent soudain dix petits
pauvres.

L'ESTHÈTE

Elle s'appelait Marie, mais a troqué son nom contre celui d'Hedwige, et sur son front, où luit une ferronnière, elle aplatit, en deux bandeaux fatals, ses cheveux qui volaient autour de son visage, comme un essaim.

Elle fait fi des robes compliquées et, telle la tige d'un iris s'échappe d'une buire, la blancheur de sa nuque monte d'un long fourreau que retient, sur sa taille, un ceinturon baroque.

Elle fréquente le théâtre et les expositions ; elle se pique de littérature, connaît Ibsen et Nietzsche, mais elle ignore Montaigne et prend Crébillon pour un mets. Son intérieur est art nouveau, tous les objets viennent de naître ; les meubles ont l'air étonné d'être utiles, ils sont guindés et froids, et quelques-uns se contorsionnent, comme s'ils souffraient véritablement d'être là.

LES PATINEUSES

Sveltes dans le gracieux tourbillon d'elles-mêmes, le visage pourpré d'air frais — roses tombées dans des fourrures — sur le long étang glacé, les patineuses passent, telles de légères libellules.

Elles glissent, d'un patin sûr, avec un bruit de soie frôlée, se poursuivent, tournent, se croisent, emmêlant leurs élans fous dans le brouillard couleur de perle.

Vives, sans poids, nourries de fleurs, sous l'œil du corbeau qui veille dans les hautes futaies d'hiver, les patineuses, sur la glace, tournent comme des hirondelles dans un ciel de printemps.

Elles filent, rapides, envolées, laissant sur leur passage le parfum de leurs joues... Leurs robes courtes, aux hanches, attachent des corbeilles; leurs mains, d'un geste large, ont l'air d'ensemencer la glace.

LA PARESSEUSE

Les paupières bouffies, le matin , peletonnée frileusement dans le désordre, linge et rubans, de son lit chaud, elle songe en regardant les vitres claires...

Elle songe hélas ! qu'elle engraisse, et comme elle est coquette et que le poing sur lequel elle repose s'enfonce déplorablement dans sa joue, une sourde lutte s'engage entre l'âme de Sancho — qui sommeille au fond d'elle — et son donquichotisme avide d'exercice, de courses matinales, de promenades au soleil.

Elle s'étire, un, deux, trois ; vite, elle va se lever... Non, elle bâille sur son bras ; elle compte mentalement jusqu'à cent : un, deux, trois... quatre-vingt-six... se retourne et se terre, en marmotte, dans ses draps blancs.

Elle rêve.

Elle rêve qu'il lui pousse au bout du poignet une énorme main avec laquelle elle pourra, tout à l'heure, se prendre par la chevelure et, sans effort, se transporter hors de son lit ; elle rêve à une mécanique compliquée qui, chaque matin, pour lui donner du courage, lui jouerait des marches martiales. Elle rêve, les yeux ouverts, sous ses boucles ; elle s'étire, elle bâille, mais ne se lève pas !

Maintenant, elle compte les roses du tapis, elle découvre des silhouettes inattendues dans les ramages des rideaux, elle écoute le bruit des voitures, et comme un rayon de soleil inonde toute sa chambre et glisse jusqu'à ses cheveux, elle en conclut qu'il va pleuvoir et se rendort jusqu'à midi.

LA CHAMBRE
D'ENFANTS

C'est une chambre claire où le soleil aime à flâner parmi les choses ; c'est une chambre où le Meunier, son Fils et l'Ane cheminent cent fois sur la tenture, et où le vieux Polichinelle, dont la jambe est brisée, trouve un fauteuil au coin du feu.

Par la fenêtre on voit des toits ; on voit un peuple étrange de cheminées et de girouettes, et, dans le ciel, des hirondelles qui tournent.

Les meubles sont simples et accueillants, rustiques comme ceux des campagnes, un peu boîteux, un peu cassés, ce sont des serviteurs fidèles qui ont vieilli dans la famille. La hotte des joujoux bigarre de sa joie la porte d'une lourde armoire ; un chien de caoutchouc traîne sur le parquet et le tiroir de la commode laisse passer la grimace d'un diable.

Une atmosphère de tendresse imprègne les objets ; ils ont tous l'air de sourire au petit lit qui, dans ses longs rideaux, fragile comme un autre jouet, semble, au milieu de la chambre, une barque à voile blanche voguant vers la destinée.

Fleurs et Masques

LES OMBRELLES

Elles sortent de leur fourreau comme le papillon sort
de sa chrysalide, elles s'épa-
nouissent dans le soleil, et les
rues et les jardins se bigarrent
de leurs joyeuses taches claires.

Elles sont variées comme
les fleurs de l'herbe : les unes
de simple taffetas jonquille ou
grenadine enluminent le visage de trottins à chignon
carotte ; d'autres, sur des robes
printanières, ouvrent leurs lé-

gers champignons de dentelle, et d'autres encore, d'où partent des rires, paraissent de grands nids renversés.

Sur les plages ensoleillées où tournent des bambins à larges ceintures, les parasols, piqués dans le sable fin, semblent des coquelicots parmi des blés et, dans le parc attiédi, les vaporeuses ombrelles de tulle ont l'air de danseuses faisant des pointes au milieu de la verdure.

Leur claire floraison chasse les nuages du ciel bleu, attire les marchands de coco dans les squares, fait chanter les oiseaux, fleurir les buissons, et le funèbre parapluie, cette chauve-souris au vol bas, reste tapi dans son coin d'ombre.

C'est la saison où les moustiques se saoulent à toutes les

fleurs, tournent autour des lumières, titubent contre les vitres, se noient dans les tasses, et vous piquent le nez au milieu de la nuit.

LES GANTS

Lorsque la main en est absente, ils ont l'aspect de chiffons piteux, mais aussitôt qu'elle y pénètre, ils se gonflent, se tendent à en craquer, comme une cornemuse dans laquelle on joue.

Ce n'est pas par pudeur que les doigts nus se terrent au fond du gant : ils espèrent y paresser en gentilshommes, dans leurs bagues ; mais la main tyrannique, malgré la gaîne de peau qui les paralyse, les oblige encore à servir.

Les gants d'une femme s'attiédissent au contact de ses doigts frileux, et à leur fauve odeur de bête tuée se mêle l'arome de sa main parfumée, comme l'odeur des fleurs se mêle à celle de la terre rude.

Les mains gantées semblent d'étranges animaux : ils se tapissent, en hiver, dans le manchon et se cramponnent, en été, au manche de l'ombrelle.

Le gant rend la main mystérieuse, troublante comme un visage masqué ; et rien ne surpasse le délice de découvrir, en le tirant, une main fine aux doigts légers.

LE LILAS

Il n'a ni l'élégance du lis,
ni l'éclat franc de la pivoine
rustique, ni la splendeur du
glaïeul enflammé : sa nuance
éteinte, vineuse, paraît encore
enveloppée des brumes de
l'hiver.

Il pique d'abord, par-ci
par-là, une fleur au milieu de
la verdure, timidement comme
le jeune oiseau jette son premier cri, puis il s'épanouit un
matin de soleil et, dans les

buissons, il dispose son étalage printanier.

Moins chétif et moins raffiné que son cousin, le lilas blanc, qui, dans de légères corbeilles, parade chez les fleuristes, le démocratique lilas rose ne dédaigne pas de se faire pousser, par la ville, dans d'humbles petites voitures comme un enfant du peuple. Sa fleur se pique au corsage de la grisette, embaume les ateliers, s'épanouit sur les tables, orne les mansardes et s'accroche aux fenêtres.

Le lilas fleurit pour tous et, les dimanches de soleil, à la campagne, mille mains cueillent en ses rameaux la fraîcheur du printemps, comme on puise l'eau claire à la fontaine.

SOUPERS

La salle est clinquante, trop éclairée, devant des banquettes criardes, des tables alignées, chargées d'une armée de verres, d'assiettes, se touchent comme les notes d'un piano et, dans un coin, cinq tziganes basanés, huileux, moustache en croc, attendent le client, tels des otaries leur pâture.

Les garçons, la serviette sous le bras, guettent silencieusement la porte; le gérant, de long en large, se promène sur le tapis moelleux en regardant ses pieds.

On sort des théâtres, les clients arrivent...

C'est d'abord un couple paisible : la femme, une grosse dame un peu mûre, encapuchonnée d'une mantille de chantilly noire, attend, dans le tambour de la porte, son mari qui n'en finit pas de payer un cocher. Ils entrent l'un derrière l'autre ; le maître d'hôtel s'incline, les garçons s'empressent, les tziganes sourient, mais toutes les tables qu'ils avisent se trouvent retenues, par enchantement. On les relègue derrière l'orchestre, sur la bouche de chaleur.

La salle se garnit peu à peu. Dans un coin, un grand critique à tête de Christ romantique discute, cigare aux doigts, devant des amis qui l'écoutent ; plus loin, une jeune danseuse au fin profil de madone florentine, simple dans sa robe stricte, fragile comme un bibelot précieux, mange des fraises avec de jolis gestes de ouistiti effarouché. Seul à une table, un habitué, un monsieur grave aux favoris de fourrure noire, noie dans la fumée bleue d'un cigare sa face osseuse de docteur à lorgnon d'or.

Le champagne frémit dans les verres, les diamants chatoient, le tulle pailleté étincelle, les garçons vont et viennent, le bruit des couverts se mêle au rythme d'une valse qui pleure, plane, traîne, tourne et s'évanouit dans la fumée des cigarettes d'Orient... Un gros monsieur congestionné sort, l'air important, suivi d'une toute petite femme intimidée de passer devant vingt tables.

Dehors, des voitures, des fiacres aux lanternes vertes et rouges, stationnent piteusement sous la pluie, dans des flaques de lumière.

MONSIEUR SAMSON

Haut comme une botte, Méridional comme la Tarasque, tragique et chevelu, M. Samson, un peigne piqué dans sa tignasse, passe la plus grande partie du jour sur le pas de sa porte, entre deux petits plats de cuivre.

Aussitôt qu'un client arrive, se précipiter sur sa canne, escamoter son pardessus, l'asseoir dans un fauteuil, lui mettre la tête sur un billot et

le ligoter d'une serviette n'est
pour M. Samson que l'affaire
d'un instant, et quand M. Samson, dressé sur ses courtes
jambes, demande d'un air
grave, tel un justicier : " Les
cheveux ou la barbe ? " c'est
à peine si le malheureux a eu
le temps de retrouver ses bras
perdus dans les plis d'un long
peignoir de calicot.

Au moyen d'un pinceau,
M. Samson vous barbouille
les joues, vous barbouille le
menton, vous barbouille les
oreilles et, dans un miroir qui
vous répète à l'infini, votre
monocle luit sous le sourcil de
cent bonshommes Noël aux
blanches barbes de mousse
autour desquels, de plus en
plus nabots, s'agitent, tournent
et sautillent, dans le lointain,
une multitude de petits Sam-

sons brandissant des rasoirs qui étincellent.

En vous passant son arme sur les joues, M. Samson se se recule, s'approche, se contorsionne, se désarticule, vous souffle dans le nez et vous tire les oreilles. Il danse autour de vous, il saute, il s'excite, ses gros yeux lancent des éclairs ; on le croit à droite, il est à gauche, il se grandit, se rapetisse, comme s'il voulait se faire tantôt nain et tantôt géant.

Arrivé à la carotide, M. Samson vous propose un produit de son invention. Son rasoir est là, sous le cou, il n'a qu'un geste à faire pour vous anéantir, mais stoïquement vous refusez... Alors M. Samson, faisant étinceler son arme, vous pince le bout du nez entre son pouce et son index, et tandis que vous fermez les yeux pour ne pas voir le sang jaillir de la chair tranchée, M. Samson, accroupi, presqu'à genoux, regarde curieusement à l'intérieur de vos narines et vous recommande une pâte épilatoire.

BARBOUILLÉ

C'est cet enfant joufflu, un peu falot, que l'on croise souvent sur le trottoir.

Barbouillé a une tête énorme, la voix rauque, le nez morveux et les mains sales ; il vit saucissonné d'un long tablier noir, sous un képi de commandant, et, comme il louche, il a toujours l'air de regarder ceux qu'il ne regarde point.

12

Tous les matins une paire de gifles jette Barbouillé hors de son lit et, parce que son père est boucher, cinq doigts de sang restent collés sur chacune de ses joues jusqu'à la fin du jour.

Barbouillé n'a pas d'amis de son âge ; il aime à s'isoler dans les coins mystérieux des caves et des greniers, où, armé d'un fusil et d'un sabre de bois, il poursuit un ennemi imaginaire... Il reste là de longues heures, à l'embuscade, tapi sournoisement derrière un tonneau et, alors qu'on le croit à l'école, il sort soudain de sa cachette, pousse des rugissements effroyables, poignarde un sac de pommes de terre ou anéantit une citrouille.

Souvent, Barbouillé pêche à la ligne. Il s'installe sur le

trottoir, devant la boutique de son père, et, muni d'une règle au bout de laquelle pend un morceau de ficelle, il promène lentement un bouchon dans le ruisseau. Le bouchon va et vient devant lui, sur l'eau sale, mais comme aucun poisson ne mord, Barbouillé en est réduit à se pêcher lui-même et " se résiste " comme un carpeau.

Quelquefois, afin d'effrayer sa famille, Barbouillé tombe à quatre pattes et, les mains sur le parquet, il déclare qu'il ne peut plus se relever... On s'empresse autour de lui, on s'inquiète, on le frictionne, et Barbouillé crie comme s'il souffrait.

Tous les dimanches, on savonne Barbouillé dans un vaste bassin de zinc, on le revêt d'un costume de drap neuf, on le cravate de rouge, et quand il se sent " beau ", il achète un bâton de réglisse pour se dessiner des moustaches.

Barbouillé ne sera pas boucher : il veut être épicier, comme le voisin d'en face. Il montera la garde, dans une longue blouse écrue, devant des sacs de pruneaux, des harengs saurs et des barils de mélasse ; il aura les cheveux pommadés, un crayon sur l'oreille, les ongles jaunis de tabac, et roulera les " r " prétentieusement, d'un air entendu.

La Sidonie

LE SOURIRE

Un sourire s'est installé d'une façon définitive sur ton visage.

Aux deux coins de tes lèvres il a creusé des trous charmants, il erre dans chacune de tes prunelles et il n'est jusqu'à ton menton où il ne soit allé établir une fossette.

Le sourire vit sur ta bouche, comme un arôme vit sur une fleur.

Il est d'ordinaire timide et quelque peu dédaigneux, ton

sourire, et il se cache dans des petites oasis d'ombre.

Ton sourire c'est de la bonté, de la tendresse et un peu de sensualité mélangées.

Quelquefois cependant, tel un paon qui déroule un trésor, il déploie dans ta chair toute la splendeur de ses éclats.

On voudrait le prendre, ton sourire, mais comme un fruit que l'on protège des limaçons, tu l'enfermes sous ta voilette.

LA PROMENEUSE

Quand tu marches ta robe murmure comme une ruche pleine d'abeilles et tu laisses sur ton chemin le parfum de la violette.

Quand tu marches tous les génies de la dentelle, du tulle et les follets des rubans voltigent dans l'air que tu déplaces.

Quand tu marches, au rythme de tes pas, la blancheur de ton jupon apparaît comme l'écume d'une vague.

Quand tu marches, la pointe de ta mule grise se montre, en timide souris, sous les volants de ta jupe rose, et un petit griffon, hirsute comme un chrysanthème, suit ton ombrelle en te tirant la langue.

LES PERLES

Chaque perle de ton collier vit sur ta peau comme un fruit vit dans la lumière : de même que l'églantine est faite pour le printemps, et pour l'automne la grappe mûre, la perle existe pour te parer.

C'est le joyau des mousselines, de la dentelle et du linge; la perle s'imprègne du parfum de tes épaules et s'attiédit sur tes seins frileux.

Ton âme joue dans les reflets de ton collier comme le

soleil sur un jet d'eau ; les perles vivent et meurent, mais leur orient fleurit de toi.

Heureuse d'être sur ta peau brune, leur théorie semble la suite de tes jours et comme ton collier fermé, autour de ton cou, n'a plus commencement ni fin, de perle en perle, en écureuil léger, toujours, tu tourneras dans le bonheur.

LA BELLE AMPHORE

Tu te vêts souvent de soies, de mousselines ou de chiffons et tu te charges de bijoux.

Aujourd'hui ta mise est simple, te voilà sans colliers et sans bagues, et ta nuque sort de ta robe de bure comme une rose thé d'une amphore de terre sombre.

Bérangère

BÉRANGÈRE

x

Dans l'air brûlant, près du bassin où le loufash surnage tel un poisson de paille, ton corps aux lignes précises rafraîchit mon être comme une pluie d'automne. Ta chair a la consistance d'une tige de palmier, tes membres fermes et arrondis sont comparables à ceux des statues les plus rares, ta chevelure est un casque de déesse et tes deux seins semblent les boucliers de ta pudeur.

Le chat frileux frotte dou-cement sa queue contre un bar-reau de chaise et regarde des oiseaux, rouges comme de la viande crue, dans une cage d'osier.

xx

Te voilà presque vêtue, fraîche comme un arbrisseau d'avril. Tes seins sont des roses vraiment dans des den-telles et dans ta chevelure. Tu dégages un parfum de lavande et d'iris : des mousselines va-poreuses laissent à peine devi-ner tes formes accomplies et ton corps d'antique déesse ap-partient, maintenant, à une petite femme, linge et rubans, culottée à la turque.

Le chat curieux, la queue en l'air, à pattes de velours, s'approche et regarde tes mains qui d'agrafe en agrafe, tout le long de toi, sautillent comme des écureuils.

xxx

Tu es devenue tout à fait femme, car on ne voit plus de ton corps que les deux petites oasis roses de tes mains gantées. Ta robe de foulard jonquille glisse le long de tes hanches, elle s'évase en cloche et se sauve vers des volants. Ton visage est entièrement voilé — le tulle d'ailleurs rehausse délicieusement ton sourire, le truffe de mille petits points noirs et fait paraître tes yeux plus ardents. Ta bouche a l'air d'un fruit qu'une gaze protège des guêpes et des abeilles.

Le chat voluptueux appuie son corps contre ta jupe, sa queue noire grimpe dans la soie comme une longue chenille ; un mystère affole le singulier animal si indifférent tout à l'heure à ta nudité ; il miaule et j'entends qu'il dit, en passant sa langue sur ses moustaches, qu'il voudrait te voir complètement nue.

TABLE

JOUETS DE PARIS

LA SIDONIE

BÉRANGÈRE

PARIS

IMPRIMERIE CHARLES RENAUDIE

56, RUE DE SEINE, 56

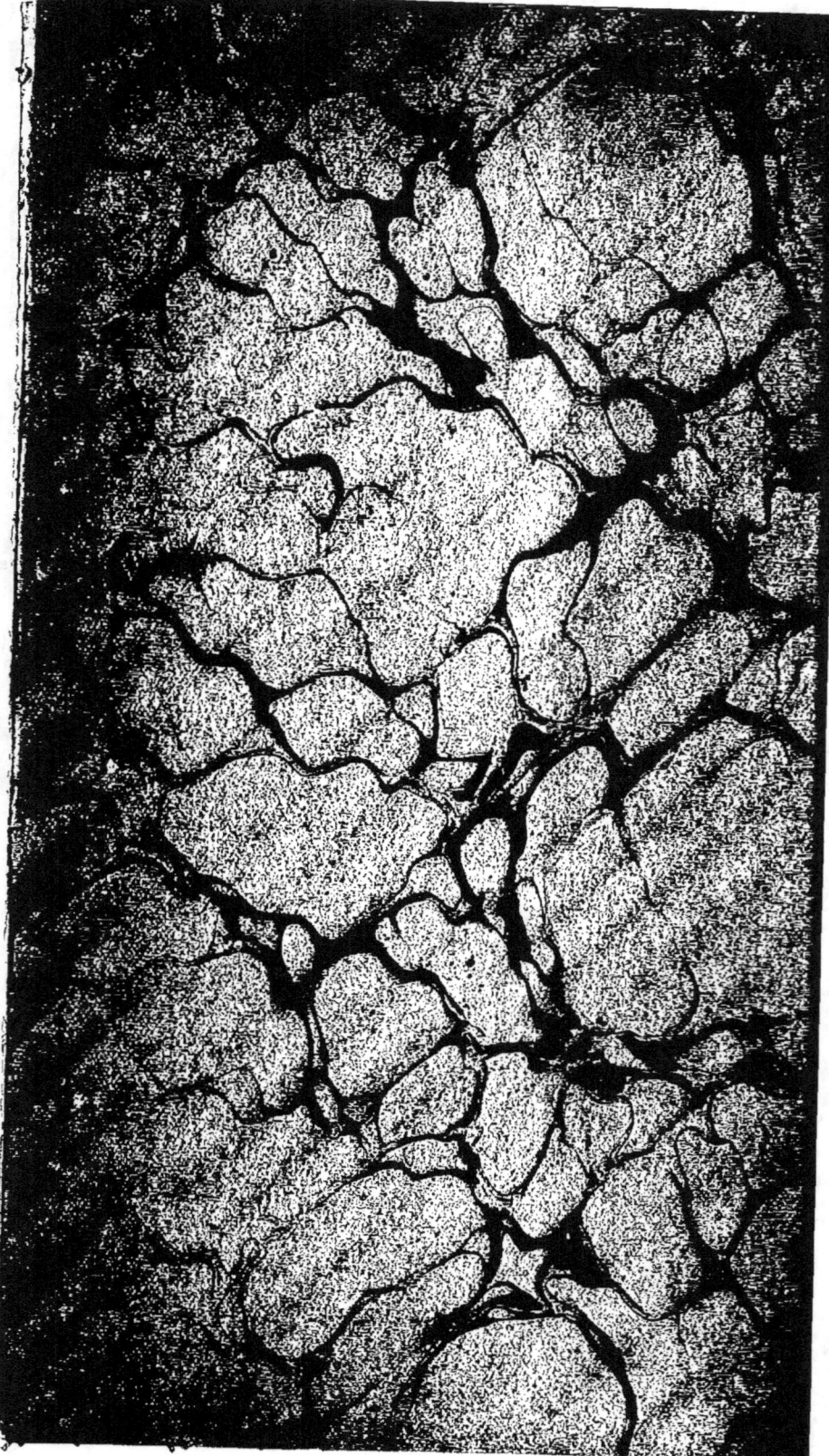

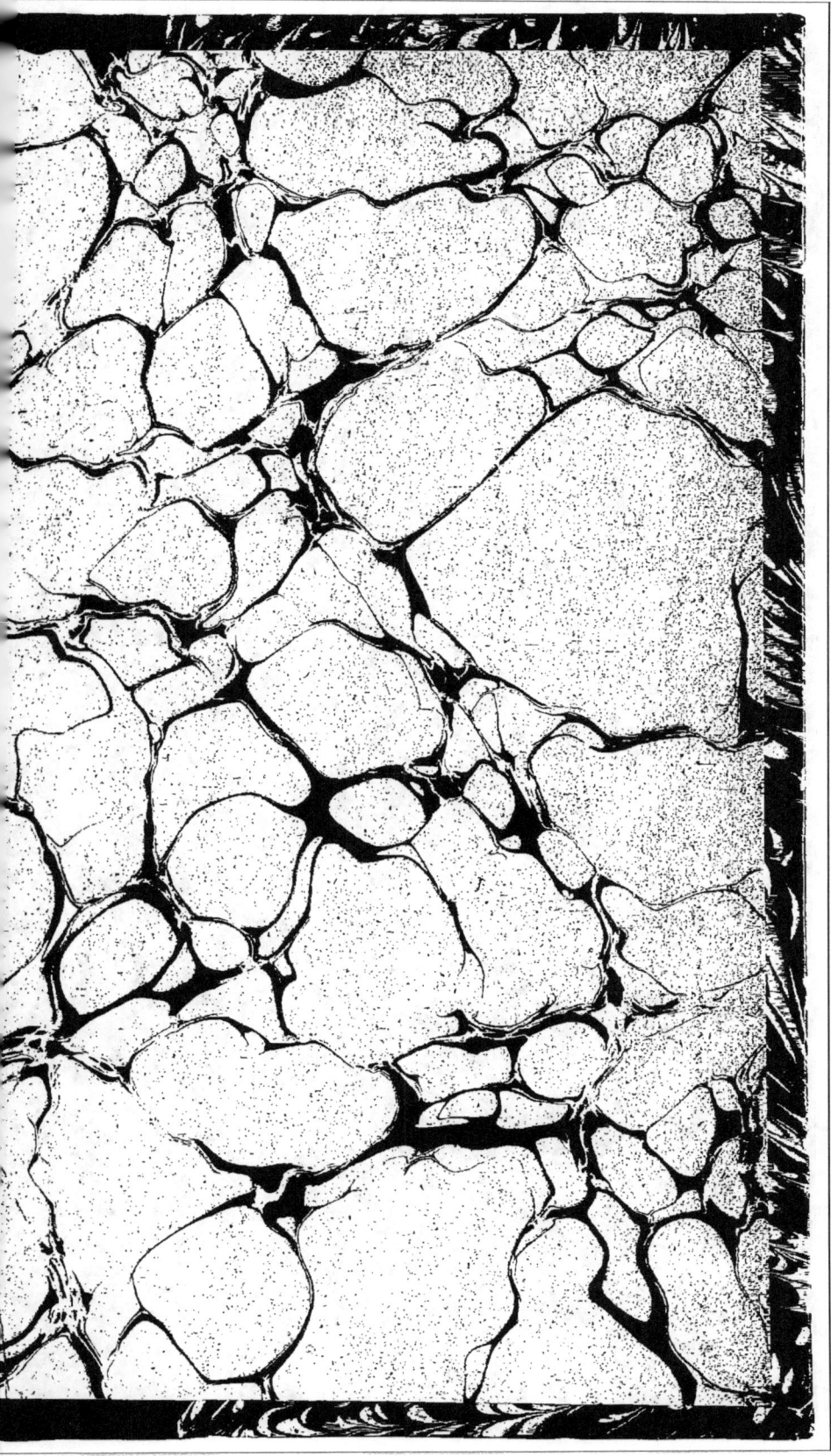